목초지

Meadowlands

목초지

루이즈 글릭 시집
정은귀 옮김

시공사

일러두기
- 본문의 이탤릭체는 원서에서도 이탤릭체로 표기된 부분이다.
- 외국 인명·지명·작품명과 독음은 외래어표기법에 따랐다.

로버트와 프랭크에게

음악을 골라 연주하자. 좋아하는 형식.
오페라.

좋아하는 작품.
피가로. 아니. 피가로와 탄호이저. 이제 당신 차례야:
나를 위해 한 곡 불러 줘.

차
례

페넬로페의 노래 PENELOPE'S SONG   11

가나 CANA   13

조용한 저녁 QUIET EVENING   15

격식 CEREMONY   16

왕에 대한 이야기 PARABLE OF THE KING   18

달이 뜨지 않은 밤 MOONLESS NIGHT   19

출발 DEPARTURE   21

이타카 ITHACA   23

텔레마코스의 거리 두기 TELEMACHUS' DETACHMENT   25

인질들에 대한 이야기 PARABLE OF THE HOSTAGES   26

비 내리는 아침 RAINY MORNING   29

격자 패널 이야기 PARABLE OF THE TRELLIS   31

텔레마코스의 죄의식 TELEMACHUS' GUILT   33

기념일 ANNIVERSARY   35

목초지 1 MEADOWLANDS 1   36

텔레마코스의 친절 TELEMACHUS' KINDNESS   39

야수의 우화 PARABLE OF THE BEAST   41

한밤 MIDNIGHT 42

사이렌 SIREN 43

목초지 2 MEADOWLANDS 2 45

마리나 MARINA 46

비둘기의 우화 PARABLE OF THE DOVE 48

텔레마코스의 딜레마 TELEMACHUS' DILEMMA 50

목초지 3 MEADOWLANDS 3 52

바위 THE ROCK 54

키르케의 힘 CIRCE'S POWER 57

텔레마코스의 상상 TELEMACHUS' FANTASY 59

비행 이야기 PARABLE OF FLIGHT 61

오디세우스의 결정 ODYSSEUS' DECISION 63

긴 여행 마치고 돌아와 NOSTOS 64

나비 THE BUTTERFLY 66

키르케의 고통 CIRCE'S TORMENT 67

키르케의 슬픔 CIRCE'S GRIEF 69

페넬로페의 고집 PENELOPE'S STUBBORNNESS 70

텔레마코스의 고백 TELEMACHUS' CONFESSION   71

텅 빈 VOID   73

텔레마코스의 짐 TRLEMACHUS' BURDEN   75

백조의 우화 PARABLE OF THE SWANS   77

보라색 수영복 PURPLE BATHING SUIT   80

믿음 이야기 PARABLE OF FAITH   82

재회 REUNION   84

꿈 THE DREAM   85

오티스 OTIS   87

그 소망 THE WISH   89

그 선물 이야기 PARABLE OF THE GIFT   90

심장이 갈망하는 것 HEART'S DESIRE   92

페넬로페의 노래

PENELOPE'S SONG

작은 영혼아, 영원히 발가벗은 작은 영혼아,
이제 내가 네게 말하는 대로 하렴,
가문비나무의 선반 같은 가지 위로 올라가;
꼭대기에서 기다리렴, 보초처럼 망보는 사람처럼
세심히 살피며. 그가 곧 집에 올 것이니;
너는 너그러워져야 해.
넌 아직 완전히 낫지
않았으니; 네 괴로운 몸으로
시에서 거론하지 말아야 할 것들을
했으니. 그러므로
그를 너른 바다로 불러 보렴, 그 환한 물 위로
너의 어두운 노래로, 욕심 많은 네
이상한 노래로—마리아 칼라스처럼
열정적인 노래로. 너를 원치 않을 사람이
누가 있을까? 어느 누구의 사악한 식욕에
네가 응답하지 못할까? 그이가 곧
돌아올 거야, 어디에 가 있었는지 몰라도
떠나 있는 동안 햇볕에 잔뜩 그을어서, 그릴에
구운 닭고기를 바라며 오겠지. 아, 그이한테 인사해야지,
그이 관심을 끌려면

그 나뭇가지 흔들어야지,
그치만 조심조심, 조심조심,
너무 많은 바늘들 떨어져서
그이 아름다운 얼굴 상하지 않게 해야지.

가나

CANA

내가 무얼 말할 수 있을까 당신은 모른다고
그게 당신을 다시 떨게 할 거라고?

개나리가
길가에,
젖은 바위 옆에, 제방 위에
히아신스와 함께 심어졌네—

십 년 동안 나는 행복했어요.
당신은 거기 있었고; 어쩌면,
당신은 늘 나와 함께 있었죠, 그 집, 그 정원은
늘 환하게 밝았고,
하늘의 빛이 있어서가 아니라
더 강력한 빛의 상징들과
함께 있었기에, 이 세상 어떤 것들이
암암리에 변모했기에—

그리고 그 모든 것들 사라졌어,
무감각한 과정에 다시 흡수되었지. 그런 다음
우리가 뭘 바라볼 수 있을까,

이제 노란 햇불이
초록색 나뭇가지가 되었으니?

조용한 저녁

QUIET EVENING

당신이 내 손을 잡네; 그리고 우린 홀로 남았네,
목숨이 간당간당한 숲 속에서. 이윽고

우리는 어느 집에 있네; 노아는
다 커서 독립해 나갔지; 십 년 후에 클레마티스는
갑자기 하얀 꽃을 피우네.

세상 그 어떤 것보다 더
난 우리 함께 있는 이 저녁이 좋아,
여름날 이 조용한 저녁, 이 시간 하늘은 아직 환하고.

그래서 페넬로페는 오디세우스의 손을 잡았지
그를 말리기 위해서가 아니라
그의 기억에 이 평화를 각인시키려고:

이 시점부터, 당신이 통과하는 그 침묵은
당신을 쫓아가는 내 목소리야.

격식

CEREMONY

버터를 그만 먹으면서 나는 아티초크 좋아하기를
그만두었다. 회향 이파리는
단 한 번도 좋아한 적 없다.

당신에 대해 내가 늘 끔찍했던
한 가지는: 당신이 사람들을 집에 오지
말라고 하는 것, 그건 정말 질색이야. 플로베르는
친구가 더 많았지 플로베르는
은둔자였는데.

　　플로베르는 미쳤잖아: 그인
　　어머니와 함께 살았지.

당신과 함께 사는 건 기숙사에
사는 것과 같아:
월요일엔 닭요리, 화요일엔 생선 요리.

　　나는 깊은 우정들이 있는걸.
　　다른 은둔자들과 함께
　　나누는 우정들이 있는걸.

당신은 그걸 왜 엄정함이라고 부르지?
격식 취향이라고 불러 줄 수는
없나? 혹은 아름다움을 향한 당신 갈망은
당신의 사람에 의해서만 완벽히 채워지는 건가?

또 다른 일: 가구가 하나도 없는 사람의
이름을 대보라고요.

화요일에 우리는 생선 요리
화요일엔 생선이 신선하니까. 내가 운전만 할 수 있다면
다른 날에 생선 요리를 맛볼 텐데.
당신이 선례를 그렇게나
중시한다면, 스티븐스를 불러
봐요. 스티븐스는 여행을 해 본 적이
한 번도 없는걸; 그렇다고 그가
즐거움을 모르는 건 아니라고.

아마도 즐거움이지 기쁨은
아니고. 당신이 아티초크를 만들 때,
당신을 위해서 만들지 그래요.

왕에 대한 이야기

PARABLE OF THE KING

앞을 내다보는 그 위대한 왕은
운명을 본 것이 아니라 다만
미지의 섬 너머로 반짝이는
새벽을 보았을 뿐이다: 왕으로서
그는 명령법으로 생각했다—방향은
재고하지 않는 것이 최선이다, 찬란한
물 위로 어떻게든 앞으로 계속
나아가는 것이 최선이다. 어쨌든,
도덕적 딜레마와 함께, 역사를 무시하는
전략 말고 운명이란 무엇인가, 그것은
현재를 고려하는 방식, 과거(젊은 왕자로서
왕의 이미지들)와 영광스런 미래(노예
소녀들의 이미지들) 사이에 필요한
연결 고리로써 결단이
내려지고. 앞에 무엇이 있었든지, 그건
왜 그리 눈부셔야 했나? 누가 알 수 있었을까
그것이 보통의 태양이 아니라
금방이라도 전멸할 것 같은
세상 위로 솟아오르는 불길이었다는 걸.

달이 뜨지 않은 밤

MOONLESS NIGHT

어느 숙녀가 울고 있다 어두운 창문에서.
그걸 뭐라고 말해야 하지? 다만 개인적인
문제라고 할 수는 없나? 초여름이다;
옆집에서는 전등들이 군악을 연습하고 있다.
멋진 밤: 클라리넷 음이 좋다.

그 숙녀에 대해 말하자면—그녀는 영원히 기다릴 것이다;
더 오래 지켜보는 건 의미가 없다.
잠시 후에 가로등이 꺼진다.

하지만 영원히 기다리는 것이
항상 답이 되나? 어떤 것도
늘 정답은 아니다; 정답은
이야기에 따라 달라진다.

다른 모든 것보다 명료함을
바라다니 그런 실수가. 단 하룻밤이
무엇이란 말인가, 특히나
이런 것, 이제 끝에 그렇게나 가까운데?
다른 쪽에서는, 뭔가가 있을 수 있을 게다,

세상 모든 기쁨이, 별들이 점점 희미해지고
가로등은 버스 정류장이 되고.

출발

DEPARTURE

밤은 어둡지 않다; 세상이 어둡다.
조금만 더 내 옆에 있어 줘.

당신 손은 의자 등받이에 있다—
내가 기억할 것은 바로 그것.
그 전에 내 어깨를 살짝 쓰다듬네.
심장을 피하도록 자신을 단련하는 남자처럼.

다른 방에서는 하녀가 조심스럽게
내가 책을 읽고 있는 불을 끄고 있다.

하얀 벽이 있는 그 방—
일단 당신 망명이 시작되면 그게
당신에게 어찌 보일지 궁금해요? 당신 눈은
달과 반대되는 빛을 찾을 거라 생각해.
분명, 그처럼 여러 해 지나고 난 후, 당신은
그 강렬함을 평범하게 해 줄 적당한 거리가 필요하겠지.

당신 손은 의자에 있고, 내 몸과
나무를 정확히 똑같은 방식으로 쓰다듬네.

다시 열망을 느끼고 싶어 하는 사람처럼
다른 모든 감정보다 열망을 중시하는 사람처럼.

해변에선, 일출을 초조하게 기다리는
그리스인 농부들의 목소리.
새벽이 그이들을
농부에서 영웅으로 바꾸어 줄 것처럼.

그전에, 당신은 나를 붙잡고 있네, 당신은 떠나고 있으니—
이건 대답이 필요한 질문이 아니라
당신이 만들고 있는 원칙이지.

당신을 나를 두고 슬퍼하는 걸 내가 못 보면
당신이 나를 사랑하는지 내가 어찌 알까요?

이타카

ITHACA

사랑하는 이는
살지 않아도 된다. 사랑하는 이는
머릿속에서 살아간다. 베틀은
구혼자들을 위한 것, 흰 수의로 짠
하프처럼 그렇게 묶인 채로.

그는 두 사람이었다.
그는 몸이었고 목소리였다, 살아 있는
남자의 그토록 순순히 끄는 매력, 또
그렇게 죽 펼쳐지는 꿈이었고 혹은 거기
고리타분하기 짝이 없는 남자들로 가득한
홀에 앉아 베틀을 짜는 그 여인이
만든 이미지였다.

당신이
그를 영원히 앗아가려고 했던
그리고 첫 남자, 진짜 남편을 데려간
그 속아 넘어간 바다를 가련히 여기듯이
당신은 이 남자들도 연민해야지: 그이들은
자기들이 뭘 보고 있는지도 모르니까;

그이들은 모르니까, 사람이 이렇게 사랑하면
수의가 혼인 예복이 된다는 것을.

텔레마코스의 거리 두기

TELEMACHUS' DETACHMENT

내가 우리 부모님의
인생을 바라보는 아이였을 때
내가 뭘 생각했게요? 나는
가슴이 빠개지는 걸 생각했어요. 이제 나는
가슴이 빠개지는 걸 생각해요, 또 동시에
미쳐버리는 것도. 또 동시에
너무너무 웃긴다고.

인질들에 대한 이야기

PARABLE OF THE HOSTAGES

그리스인들은 해변에 앉아 있다
전쟁이 끝나면 무얼 할지 생각하면서. 아무도
고향에 돌아가고 싶어 하지 않는다, 그 앙상한
섬으로; 모두가 트로이에 있는 무언가를
조금 더 원한다, 끄트머리에서
조금 더 살아 보는 것, 경이로움 가득한
존재로 매일을 감각하기를. 하지만 이걸 고향에
있는 사람들에게 어떻게 설명하나, 전쟁에 나가
싸우는 것이 부재에 대한 그럴듯한 변명이지만
주의를 딴 데 돌리는 능력을 개발하는 것은
변명이 되지 않는데 말이다. 글쎄, 나중에
어떻게 되겠지; 이게 바로
행동하는 남자들, 통찰력은 여인들과 아이들에게
맡겨 둘 준비가 언제든 되어 있는 존재.
뜨거운 태양 아래 이런저런 것들 생각하며, 팔뚝에
붙은 새로운 힘에 으쓱하면서, 고향에서보다
훨씬 더 구릿빛이 된 듯, 어떤 남자들은
가족들을 조금 그리워하기 시작하고,
아내들을 그리워하고, 전쟁으로 여인들이
얼마나 늙었는지 보고 싶어 한다. 또 몇몇 남자들은

점점 좀 불안해지기 시작하여: 전쟁이
혹 남자 버전으로 정장을 갖춰 입는 일이라면,
혹 심오한 영적 질문들을 회피하려고
고안된 게임이 아닐까? 아,
하지만 그건 전쟁만은 아니지. 세상이
그들을 부르기 시작하였기에, 전쟁의 떠들썩한
화음으로 시작하여 사이렌들의 떠도는 아리아로
끝이 나는 하나의 오페라.
거기 해변 가에서, 고향에 가는 다양한
일정표를 의논할 때, 아무도 이타카에 돌아가는 게
십 년이나 걸리리라곤 생각도 못 했다;
풀 수 없는 딜레마로 가득한 십 년을 아무도 예견하지 못했다─
아,
인간의 가슴에 고인 답이 없는 고뇌여: 세상의 아름다움을
받아들일 수 있는 사랑과 받아들일 수 없는 사랑으로
어떻게 나눌 수 있나! 트로이의 해안에서,
그리스인들이 자기들이 이미
포로가 되었다는 걸 어떻게 알 수 있나: 일단
여행을 미루는 자는 이미
홀려버린 자라고; 그들이 어떻게 알겠는가,

그 얼마 안 되는 사람들 중 일부는
기쁨의 꿈에 취해 영원히 억류되리란 것을,
일부는 잠에, 일부는 음악에 취해?

비 내리는 아침

RAINY MORNING

너는 세상을 사랑하지 않아.
네가 만약 세상을 사랑한다면
너의 시엔 이미지가 있을 텐데.

존은 세상을 사랑해. 존은
모토가 있거든: 남을 판단하지 말아라.
그러면 너희도 판단받지 않을 것이다. 하지 마라

그 이론에 대한 이런
주장일랑, 알고 싶어 하지 않는
대상을 사랑하기란 불가능하니: 말을

거부하는 것은
인식을 억누르는 것이 아니니.

존을 봐, 저기 세상 속에서,
오늘처럼 비참한 날에도
뛰어다니네. 네가 메마르게
있는 건 죽은 새들을 사냥하고 싶어 하는
가련한 고양이의 마음과 비슷해: 네 순한

영적인 주제와 잘 어울리지.
가을, 상실, 어둠, 기타 등등의 주제와.

우린 모두 눈을 감고서야
고통에 대해 뭔가를 쓸 수 있어. 너는 사람들에게
네 자신에 대해 더 많이 보여 줘야 해; 붉은 고기를 향한
네 은밀한 열정을 그들에게 보여 주지 그러니.

격자 패널 이야기

PARABLE OF THE TRELLIS

커다란 격자 패널 아래 클레마티스 덩굴이 자랐다.
나무를 본떠서 만들어졌지만,
그 격자 패널은
인간이 만든 발명품; 매년, 오월에,
꾸불꾸불 안간힘으로 초록 덩굴은
쭉 곧은 격자 패널을
기어올랐다, 여러 해가 지나서
부러질 듯 가는 나무판에서 하얀 꽃들이 터질 듯 피어났다,
정원의 심장부에서 쏟아져 나오는 별무리 같았다.

그 정도 솜씨면 충분해. 우리 둘 다 알지
덩굴이 격자 패널 없이
어떻게 자라는지, 땅 주변으로 덩굴이
어떻게 살금살금 뻗는지; 우린 둘 다 덩굴이
거기서 꽃을 피우는 걸 보았지, 뱀눈이
전조등처럼 켜지면서 하얗게 피어난 꽃들.

이건 그 덩굴이 원하는 게 아니야.
기억해 봐, 덩굴에게, 그 격자 패널은
감금의 이미지가 아니었잖아:

이건
축소도 아니고 비극도 아니야.

덩굴은 빛의 꿈을 가지고 있어:
지지를 받으며 올라가는 것과 비교해 볼 때
어두운 자유가 있는
흙 속의 삶은 대관절 무엇이지?

그리고 얼마동안은,
매 여름마다 우린 그 덩굴이 이런 결정을
되살아 내는 것을 볼 수 있었다, 그리하여
오붓한 항구 혹은 버드나무처럼
그 자체로 아름다운 구조물인
숲을 흐릿하게 가리는 것을.

텔레마코스의 죄의식

TELEMACHUS' GUILT

어머니가 아버지에게 그토록
단련해 오신 일종의 인내심 같은 것
(자기에게 몰두하는 아버지는
그걸 찬사로 오해하셨지 실은 그게
일종의 분노였는데도―자신의 타고난
방종을 드러내는 걸 왜 그리
막으셨는지, 아버지가 언제
궁금해 하신 적이 있었나요?): 그게
내 어린 시절을 오염시켰어요. 끈기 있게
어머니는 내게 젖을 주셨고요; 끈기 있게
어머니는 내 행동과 상관없이
내 시중을 들던 그 다정한 노예들을
감독하셨어요, 아마도 나는
점점 폭력을 키우면서 시험을
한 것 같아요. 내겐 분명해 보였으니,
어머니의 관점에서 보면 나는
없는 것과 마찬가지인 게, 내 행동들은
어머니를 뒤흔들 아무런 힘도
없었으니까요: 나는 내 동무들의
부러움의 대상이었어요.

그 이후 몇 십 년 동안
나는 아버지를 자랑스러워했지요,
잘못된 이유로 멀리 나가 계셨지만
어쨌든 아버지가 나가 계신다는 걸요;
어머니가 우실 때면
나는 웃곤 했어요.
그 잔인함을 이젠 어머니
용서해 주셨으면 해요; 어머니가
이해해 주셨으면 해요, 어머니의
냉담함처럼 어떻게 하여 그 잔인함이
마음 깊이 사랑하는 것에서
멀찍이 있게 하는 수단이 되었는지를.

기념일

ANNIVERSARY

당신이 바짝 안겨도 된다고 내 말했잖아. 그렇다고
내 고추에 당신 차가운 발을 얹으란 얘긴 아니야.

침대에서 어떻게 행동해야 하는지 누군가한테서 좀 배워.
내 말은 당신 팔 다리를 최대한 당신한테
밀착시키란 말이야.

당신이 한 걸 좀 봐—
당신 땜에 고양이가 움직였잖아.

　　그런데 나 당신 손 거기 두라고는 안 했는데.
　　당신 손을 여기에 두면 좋겠네.

　　내 발에 관심 좀 가져 줘.
　　다음번에 당신이 뜨거운 열다섯 살짜리를 보게 되면
　　그 발들을 당신이 좀 상상해 봐.
　　그 발들이 나오는 곳은 훨씬, 훨씬 더 많거든.

목초지 1

MEADOWLANDS 1

스티븐과 캐시처럼 우리도
걸으러 가면 좋겠다; 그럼
우린 행복할 텐데. 걔한테서도
당신, 그걸 알 수 있잖아.

우린 개가 없잖아.
우린 못된 고양이가 있잖아.

내 생각에 샘은
똑똑한 것 같아; 걘
애완동물인 게 화가 나나 봐.

샘이 왜 늘 당신이랑 한 가족이지?
우리가 두 사람의 성인이 될 수는 없나?

캡틴이 얼마나 행복한지 봐, 세상에
얼마나 평화로운지. 캡틴이 잔디밭에
앉아서 새들을 빤히 쳐다보고 있는 게 사랑스럽지 않아? 캡틴은
자기가 하얘서 새들이 자길 못 볼 거라 생각하지.

36

왜 그이들이 행복한지 알아? 아이들을
키우잖아. 어째서 그이들이 아이들과 산책 나갈 수
있는지 알아? 왜냐면 그이들은
아이들을 *소유하고 있잖아.*

그이들은 우리랑 완전히 달라; 여행도
안 가잖아. 그래서 개를 키우는 거야.

당신 알리사가 산책에서 돌아올 때 늘 뭔가를
가지고 오는 것 봤잖아, 자연을 집 안으로
들이는 걸? 봄에는 꽃을,
겨울에는 나뭇가지를.

아이들이 다 자라도 틀림없이
그이들은 개를 계속 키울 것 같아.
갠 어린 개야, 사실상
강아지라 할 수 있지.

샘이 우릴 따라올 것
같지 않으면, 걜 데리고

나가지 못하는 거야?
당신이 잡고 있으면 되지.

텔레마코스의 친절

TELEMACHUS' KINDNESS

내가 더 어렸을 때는
강박적으로 나 자신에 대해
연민했던 것 같아요; 현실적으로 말하면,
나는 아버지가 없었으니; 어머니는
아버지의 에로틱한 인생에 가설을 세우느라
자기 베틀 앞에서만 평생을 사셨고요; 점점
나는 그 섬의 아이들이 다 똑같은 사연을
갖고 있다는 걸 알게 되었어요; 내가 겪은 일은
일반적으로 통하는 일이었지요, 우리 모두에게
다 통하는, 우리들 사이에
어떤 유대라 할까요, 그래
인간적인: 우리 어머니가 어떤
삶을 살았는지, 아버지가 겪으신
고초에 대한 연민 없이, 천성적으로
열렬한 영혼에 대한 연민 없이, 다만
선택에 짓밟히신 채로 말이지요, 마찬가지로 아버지도
어머니의 용기에 대해선 아무 생각이 없으셨어요,
티 안 나게 아무 것도 안 하는 걸로 보여 주셨잖아요,
아버지는 연기하듯이 자신을 극적으로
만드는 일만 잘 하셨지요: 이런 깨달음을

제일 친한 친구들과 주고받을 수 있다는 걸
알게 되었어요, 친구들도 자기들 느낌을
나랑 이야기했으니, 그게 맞는지 보려고,
그걸 좀 잘 다듬어 보려고요: 어른이 되고 보니
부모님 두 분을 공평하게 바라볼 수
있더라고요, 두 분 다 가여워요: 두 분을
늘 가엾게 여길 수 있으면 좋겠어요.

야수의 우화

PARABLE OF THE BEAST

고양이가 죽은 새를 물고
주방을 빙빙 돌고 있다,
새로 얻은 소유물이다.

누군가 그 고양이와
윤리를 논해 봐야 한다, 고양이는
축 처진 새를 심문하고 있으니:

이 집에서
우리는 이런 방식으로
의지를 경험하진 않는다.

동물에게 그걸 말해 보라,
동물의 이는 벌써
다른 동물의 살 속에 깊이 박혔으니.

한밤

MIDNIGHT

내게 말해 보라, 아픈 심장아: 얼마나
말도 안 되는 일을 꾸며대고 있는 거니
네 쓰레기 뭉치와 함께
어두운 차고에서 훌쩍이면서: 그 쓰레기를
끄집어내는 것은 네 일이 아니야, 네 일은
식기세척기를 비우는 거야. 너는 또 보여 주기를 하네,
어린 시절 하던 그대로—너의
발랄한 면은 어디로 간 거야, 네 유명한
삐딱한 거리두기는? 자그마한 달빛이
깨진 창문을 두드리네, 조그만 여름 달빛, 준비된
달콤함으로 지상에서 들려오는 부드러운 중얼거림—
이게 네가 네 남편하고 소통하는
방식인 거니, 네 남편이 부를 때는
대답 않고, 아니면 이게 바로 심장이
슬퍼할 때 하는 행동인 거니: 심장은
쓰레기와 함께 혼자 있고 싶어 하지? 내가 너라면,
앞을 생각해 보겠네. 십오 년 후에는,
네 남편 목소리가 지치게 되겠지; 어느 밤,
네가 대답하지 않아도, 다른 누가 대답할 거야.

사이렌

SIREN

사랑에 빠지면서 나는 죄인이 되었어요.
그 전에 나는 웨이트리스였어요.

당신하고 시카고에 가고 싶지 않았어요.
당신과 결혼하고 싶었어요, 당신
아내가 되어 고생하고 싶었어요.

전부 다 슬픈 배역만 있는 희곡처럼
당신 아내 인생이 그랬으면 했어요.

착한 사람은 이렇게
생각하는가요? 내가 용기가 있으니

나 받을 몫이 있어요—

어둠 속에서 나는 당신 집 현관 계단참에 앉아 있었죠.
내게는 모든 게 분명했어요:
당신 아내가 당신을 보내 주지 않는다면
그건 당신을 사랑하지 않는다는 뜻.
당신을 사랑한다면

당신 행복을 바라는 게 맞지 않아요?

지금 생각해 보니
내가 느낌이 덜한 사람이었으면
더 나은 사람이 되었을 것 같아요. 나는
대단한 웨이트리스였어요,
한번에 술잔 여덟 잔을 나를 수 있었으니.

당신께 내 꿈들을 이야기하곤 했지요.
지난 밤, 한 여인이 어두운 버스에 앉아 있는 걸 봤어요―
꿈속에서, 그녀는 울고 있네요, 그녀가 탄 버스가
서서히 움직이네요. 한 손을
그녀, 흔들고 있네요; 다른 손으로는
아기들 빼곡한 계란 판을 쓰다듬고요.

그 꿈이 그 처녀를 구하지는 못하네요.

목초지 2

MEADOWLANDS 2

알리사는 그 막대기들을
집으로 들이지 않아요; 개가
막대기들 주인이에요

마리나

MARINA

내 심장은 돌로 된 벽,
당신이 부수어 버렸지.

내 심장은 당신이 곧
짓밟아 버릴 섬의 정원.

당신은 내 심장을 원치 않았어요;
당신은 내 몸을 향해 걸어왔지요.

그 어느 것도 내 잘못은 아니랍니다.
당신은 내게 전부였으니까요,
아름다움과 돈이 아니라요.
우리가 사랑을 나눌 때,
고양이는 다른 침실로 갔지요.

그러고 나면 당신은 나를 잊었어요.

담이 있는 정원 둘레로
돌들이 떨고 있던 것도
이유가 있지요:

이제 거기 아무 것도 없어,
다만 사람들이 자연이라 부르는 야생,
그 혼돈이 거길 점령했어요.

내 안의 사악함을 볼 수 있는 곳으로
당신은 날 데리고 가서
거기서 나를 떠났지요.

버려진 고양이는
텅 빈 침대 방에서 슬피 울고요.

비둘기의 우화

PARABLE OF THE DOVE

비둘기 한 마리 어느 마을에 살았네.
그 비둘기 입을 열면
다정함이 나오고, 소리는
체리 가지 둘레에 어른거리는
은빛 햇살 같았어. 하지만
그 비둘기는 만족을 몰랐어.

꽃이 핀 나무 아래
마을 사람들이 모여든 걸
그 비둘기는 보았네.
비둘기는 생각을 안했어: 내가
저이들보다 더 높이 있는 걸.
비둘기는 사람들 사이로 걷고 싶어 했지,
인간이 느끼는 감정의 폭력을 경험하고 싶었어,
노래를 위해서도 그게 필요했지.

그래서 비둘기는 인간적으로 바뀌었어.
열정을 찾았고, 폭력을 찾았어,
처음에는 잘 섞였는데, 곧
별개의 감정이 되어,

이 감정들은 음악에
포섭되지 않았지. 그래서
비둘기의 노래가 변해 버렸어,
인간이길 갈망하는 다정한 곡조가
밋밋하고 무뚝뚝해졌네. 그리곤

세상이 뒤로 물러났어; 사랑에서
돌연변이가 떨어졌네,
마치 체리나무에서 떨어지듯,
체리나무의 핏빛 과일로
얼룩진 채 떨어졌어.

그래서 결국 그리된 거지,
예술의 법칙만이 아니라:
형식을 바꾼다면, 천성도 바꾸는 법.
시간은 우리에게도 이렇게 하지.

텔레마코스의 딜레마

TELEMACHUS' DILEMMA

내 부모님의 무덤에
어떤 말을 써야 할지
결정할 수가 없네. 아버지가
무얼 원하시는지는 알지: 아버진
*빌러비드*를 원하시네, 그건
분명 딱 맞는 말, 특히
모든 여인들을
생각한다면. 하지만
그 말은 우리 어머니를
차가운 곳에 버려두는 일. 어머니는
그건 자기한테 하나도 중요하지 않다고
내게 말하시는데; 어머니는
자기 자신의 성취가
나타나길 원하시네. 두 분께
자신들의 허영을, 스스로에게
자신들이 투사한 모습을 영원히 남김으로써
죽은 이를 공경하지 않게끔
하는 건 똑똑치 못한
처사인 것 같아.
나의 취향으로 말하자면

어떤 장황함 없이
정확하게 기술하는 것; 그분들은
내 부모님이시니, 그 말은
그분들을 나는 함께 보게
될 것이니, 때로는
아내와 남편으로, 어떤 때는
맞서 겨루는 힘으로.

목초지 3

MEADOWLANDS 3

그 거인들이 그 곳을 어떻게
목초지로 이름 붙일 수 있었지? 거긴
오븐의 내부와 비슷하게 풀밭과
유사한 점이 더 많은 곳인데.

뉴저지
는 시골이었어. 그이들은 당신이
그걸 기억하길 바라지.

심스는
깡패가 아니었어. LT는
깡패가 아니었어.

내 생각은, 우리는
우리 주변을 현실적으로
봐야 한다는 것, 지금
어떤 모습인지를.

그래서 내가 그 집에 대해
당신한테 이야기하는 건데.

어떤 거인도
당신이 말하는 식으로 말하지는 않아.
뭔가를 좋아해서 팬이 되어 보면
당신은 더 나은 사람이 될 거야.
입으로 당신이 그렇게 할 때
당신은 꼭 당신 어머니 같아.

그 사람들이 어떤 사람들인지 알아?
사람들 사이에 있는 왕들이지.

　　그래서 어떤 왕이
　　심스를 해고했는데?

바위

THE ROCK

지구가
끔찍하게 뒤로 물러난
인장, 어둠의
영(靈), 죄인의 마음에
드리운 휘장을, 나는 확실히
느끼지 거기 당신 안에
인간적인 어떤 것이 있다고,
말로 접근 가능하다고. 그렇지 않고서야
어떻게 당신이 당신의 헤어나기 힘든
정보로 이브에게
접근했을까? 이브가
깜박 실수한 것에 대해
나 쓰라리도록 갚아 왔는데,
그러니 나를 살펴 줘. 내게 말해 줘
지옥에서 당신이 어떻게 사는지,
지옥에서는 뭐가 필요한지,
내가 사랑하는 사람을 그리로
보내야 하거든. 물론
영원히는 아니고:
언젠가 그가 다시

지옥에서 돌아오길 원할지도,
영원히 훼손된 채 말고
혹독하게 단련되어서,
여기 지상에서는
그렇게 못했기에. 내가
그를 보호하려면
뭘 해 줘야 할까, 그를
온전히 가리지는 않을
어떤 장막이 필요할까? 네가
그를 안내하고 주인이 되어야 하니:
그를 도와 네가 하듯이 피부를
벗게 하렴, 이런 경우에
우린 그가 속에서
더 늙기를 바라지만, 아마도
좀 칙칙하게. 당신이
이 미묘한 점들을 이해하리라
나는 확신해—당신 아무래도
너무 관심이 많은 것 같아, 당신 바위
아래로 물러나지 않잖아! 아,
당신이 인간이 아니라 해도

우리가 어떻게든 관련이 있다고
나는 확신해; 아마 내게는
파충류의 영혼이 있으니까.

키르케의 힘

CIRCE'S POWER

나는 누구도 돼지로 둔갑시키지 않았어.
어떤 사람들은 원래 돼지거든; 나는 그이들이
돼지처럼 보이게끔 만들었지.

바깥을 안으로 변장시키는
당신의 세상에 나는 넌더리 났어.

당신 부하들이 나쁜 사람들은 아니었어;
다만 절도 없는 생활이
그렇게 만든 거지. 돼지들처럼,

나와 내 여인들의
보살핌 받으며, 그들은 맞춤으로
달짝지근해졌지.

그런 다음, 나는 마법을 되돌려
당신에게 나의 힘과
나의 선함을 보여 주네. 나는 봤지

우리가 여기서 남자들과 여자들로

행복할 수도 있다는 것을,
그들의 욕구는 간단하거든. 똑같은 숨결로,

나는 당신의 출발을 예감했지,
절규하고 요동치는 바다를 내 도움으로
당신 부하들이 용맹하게 건너리란 걸. 혹여

눈물 몇 방울이 날 화나게 했으리라 생각하나? 친구여,
모든 주술사는 뼛속 깊이
실용주의자라네; 그 누구도
한계를 대면하지 않는 본질은
보지 않는다고. 내가 당신을 붙잡으려고만 했다면,

당신을 죄수로 붙잡겠지.

텔레마코스의 상상

TELEMACHUS' FANTASY

때로 나는 궁금하네, 저 섬들에서
내 아버지가 그 세월을 어찌 보내셨는지: 아버진
여자들에게 어찌 그리 인기가
좋으셨지? 아버지는 그때 힘드셨는데,
짐작컨대 아주 절박하셨지. 내 보기에
여자들은 보고 싶어 하는 것 같아
여전히 건강하고
여전히 굳건한 남자 그러면서도
산산조각날 것만 같은 그런 남자를: 그런
붕괴가 여자들에게 정념을
지피는 법이지. 여자들은
평생을 발가벗고 사는 것 같아. 그게
아버지를 눈멀게 만들었을 거야, 그래,
자기보다 훨씬 더 젊은 여자들이
분명 아버지한테 달려들었으니, 아버지
원하는 건 다 들어줄 준비를 하고선 말야. 자기
자신의 의지에 그토록 잘 응답하는 환경을
만나는 것, 그토록 긴 세월을
아무 의심도 아무 방해도 없이
사는 것은 운이 좋은 것 아닌가? 누구든

스스로를 전적으로 훌륭하다고 혹은 그런 자격이 있다고
믿어야 할 것이야. 내 생각에
시간이 지나면 사람은 괴물이
되든지 혹은 사랑하는 사람이라면 그 사람이
어떤 상태인지를 보게 될 거야. 나는 절대
아버지의 인생처럼 살고 싶지 않아
또 아버지가 그 순간을 살아남으려고
무얼 희생하셨는지도
나는 잘 몰라. 아버지가 어쩔 수 없이
그 사람들에게 가게 되어 그 여자들이
누군지 보려고 그렇게 머물렀던 거라고
믿는 쪽이 낫겠지. 그렇다 해도
상상력이 있는 사람으로서 내가 생각해 보건대,
아버지는 어느 정도는
그 사람들처럼 변해 버린 거라고 봐.

비행 이야기

PARABLE OF FLIGHT

산기슭을 떠나고 있는 한 무리의 새들.
봄날 저녁엔 새카맣게, 이른 여름에는 구릿빛으로,
텅 빈 호수의 수면 위로 솟구치네.

그 젊은이는 왜 그리 갑자기 불안해졌나,
함께 있는 사람에게서 관심을 거두고?
그의 심장은 더는 온전히 나뉘지 않아서; 그는 애써 생각 중이다
이걸 어떻게 연민을 담아 말할지.

이제 우리는 다른 이들의 목소리를 듣는다, 도서관을 지나
그 여름 현관, 베란다를 향해 가면서; 그들이
이런저런 해먹들, 의자들, 오래된 집의 하얀 나무 의자에
늘 그렇듯 자기 자리를 차지하며 앉는 것이 보인다,
줄무늬 쿠션도 정리하면서.

새들이 어디로 가는지가 중요한가? 마찬가지로
새들이 어떤 종인지가 중요한가?
새들은 여길 떠난다, 그게 중요하다.
처음엔 새들의 몸이, 그리곤 새의 구슬픈 울음이.
바로 그 순간부터, 우리를 위해 존재하길 멈추는 거다.

우리 정념을 그런 식으로 생각하는 법을 배워야 할 거다.
매번의 키스는 진짜였다, 그리곤
매번의 키스는 대지의 얼굴을 남기고 떠났다.

오디세우스의 결정

ODYSSEUS' DECISION

그 대단한 남자는 그 섬에 등을 돌린다.
이제 그는 천국에서 죽지 않을 것이다
또 다시는 듣지 못하게 될 것이다,
삼나무 아래 투명한 연못가,
올리브 나무 사이로 들리는 천국의 류트 소리를. 시간은

비로소 시작된다, 그 시간 속에서 그는 다시 듣는다
그 맥박을, 그 이야기의
바다를, 가장 세게 끌어당기는 그 새벽에.
무엇이 우릴 여기로 데리고 왔는지
무엇이 우릴 데려갈지; 우리 배는
항구의 옅은 물속에서 흔들리네.

이제 그 주술은 끝이 났다.
그에게 돌려주라, 그의 인생을,
다만 앞으로 나아갈 수 있는 바다를.

긴 여행 마치고 돌아와

NOSTOS

마당에 사과나무가 하나 있었지—
사십 년 전이었을 거야
아마—그 뒤에는
목초지. 크로커스 무리가
축축한 풀밭에 흐드러지게 피고.
나는 창가에 서 있었다:
늦은 사월. 옆집 마당에
봄꽃들이 피어 있었다.
그 나무가 정말이지, 몇 번이나
내 생일에 꽃을 피웠는지,
생일 전도 아니고
후도 아니고 바로 그날? 바꿀 수
없는 것을 바꾸는 일,
그 변화, 그 진화를 위해.
가혹한 지상을 위해
그 이미지를 바꾸는 일. 이 장소에
대해 내가 무얼 알고 있는지,
수십 년 동안 분재로 대체된
나무의 역할은, 목소리들이
테니스 코트에서 커져 가고—

들판에. 막 자른, 웃자란 풀 향기.
서정 시인에게서 기대하듯이.
우리는 세상을 단 한 번 바라본다, 어린 시절에.
그 나머지는 모두 기억이다.

나비

THE BUTTERFLY

봐, 나비 한 마리. 소원 빌었어?

나비에 소원을 빌지는 않지.

그렇게 해 봐. 소원 빌었어?

응.

뭐 중요한 건 아니야.

키르케의 고통

CIRCE'S TORMENT

뼈저리게 후회해요
당신 있을 때나 당신 없을 때나
당신을 사랑한 그 세월을요,
당신을 가질 수 없게 한
그 소명을, 그 규칙을, 그 바다를
매끄러운 유리판, 태양에 하얗게 바랜
그리스 배들의 아름다움: 당신을
변화시키리란 소망 없이
내가 어떻게 힘을 가질 수
있었을까요: 당신이 나의
몸을 사랑했듯이, 당신이
그 한 순간에 명예보다 더 희망보다 더
충성보다 더 컸던, 다른 모든 선물보다 더 컸던
우리의 정념을 당신이 거기서 발견했으니,
바로 그 결합의 이름으로,
나 당신을 거절합니다,
당신 아내에 대한 연민도요,
당신은 의지로 아내 옆에 남을 테니,
나 당신을 거절합니다,
나 당신을 가질 수 없다면

나는 잠을 자렵니다.

키르케의 슬픔

CIRCE'S GRIEF

결국 나 당신 아내에게
나를 드러내기로 했어요,
신이 하듯이, 그녀의 집에서나,
이타카에서, 몸은 없이
어떤 목소리로요: 그녀는
길쌈을 잠시 쉬고 머리를
처음엔 오른쪽으로 그리곤 왼쪽으로
돌리네요, 소리 나는 쪽에 대고
소리를 추적하는 건 가망이
없지만요: 내 짐작에
그녀가 지금 알게 된 것으로
베틀로 다시 돌아갈 것 같지는 않아요. 그녀를
다시 보게 되면, 그녀에게 말해 주세요,
이게 바로 신이 안녕을 고하는 방식이라고:
만약 내가 그녀 머리에 영원히 있다면
나는 당신 인생에도 영원히 있는 거겠지요.

페넬로페의 고집

PENELOPE'S STUBBORNNESS

새 한 마리 창문으로 온다. 실수다
그것들을 새로 생각하는 건,
그것들은 너무 자주 전령사 역할을
한다. 그래서 일단 그들이
창틀로 꽂히면, 그들은
너무 완벽하게 가만히 앉아서,
인내를 조롱한다, 머리를 들어 올려 노래하며,
가련한 부인, 가련한 부인, 그들의 다섯 음절
경고가, 나중에는 창틀에서 올리브 숲으로
시커먼 구름처럼 날아오른다.
하지만 내 인생을 심판하려고 대체 누가
그런 무중력의 존재를 보낼까? 내 생각은 깊고
내 기억은 오래니; 나는 인간애가 있는데,
왜 나는 그런 자유를 부러워하나? 가장
자그마한 심장을 가진 이들은
가장 큰 자유를 가지지.

텔레마코스의 고백

TELEMACHUS' CONFESSION

그가 떠나고
그들이
잘 살았던 건 아니다; 결국
내가 잘 살았다. 이 점은
나를 놀라게 했는데, 내게
그 두 분이 모두 필요하다는 확신이 있어서가 아니라
어른이 되고나서도 한참을 내게는
격식에 대한 아이의 갈망 같은
면이 계속 있었기 때문이다. 충분히 사랑받지 못한
존재의 감각에 대해서 어찌 다른 말로
이야기할 수 있을까? 아이들은 다
충분히 사랑받지 못했다
그럴 거다; 나는
잘 모를지도 모른다. 하지만 살면서
그들은 다 나와는 다른
무언가를 원했다: 어떤 주어진
순간에 필요한 각자의 존재를 일부러 꾸며내는
일은 두 사람이 되어야 하는 것보다는
더 진 빠지는 일이었다. 그래서 얼마 후에 나는
내가 정말로 한 사람*이었다*는 걸

깨닫게 되었다; 좀 늦게나마 나는
내 나름의 목소리와
내 나름의 인식이 있었던 거다. 더 이상은
들판에서의 그 끔찍한 순간,
내 아버지를 데리고 간
그 계략을 나는 애석하게 생각하지 않는다. 어머니께서
우리 모두를 위해 충분히 슬퍼하시니 말이다.

텅 빈

VOID

왜 당신이 가구를 사지 않으려 하는지 알았어.
우울하니까 가구를 사지 않으려는 거잖아.

당신 뭐가 잘못되었는지 말해 주지: 당신은
말이 너무 없어. 당신 자신을
한 번 봐; 당신이 전적으로 행복한 유일한 순간은
당신이 닭고기를 자를 때뿐이야.

내가 말하고 싶은 걸 우린 왜 말하지 못하지?
왜 당신은 늘 주제를 바꾸지?

당신은 내 감정에 상처를 줘. 나는
반복을 분석으로 착각하지 *않는다고.*

당신은 그 화학 반응 중 하나를 받아들여야 해.
아마 당신이 더 많이 쓸 거니까.
아마 당신은 일종의 공허 증후군을 갖고 있을지도.

당신이 요리를 왜 하는지 이유를 아나? 왜냐면
당신은 통제하는 걸 좋아하거든. 요리하는 사람은

빛을 만드는 걸 좋아하는 사람.

진짜 사람들이지! 우리 거실에
우리 의자에 앉아 있는 진짜 인간들!
내가 이거 말해 줄게: 나 브리지 게임
배우려고.

그분들을 손님으로 생각하지 마, 그분들을
여분의 닭으로 생각해. 그럼 좋아하게 될 거야.
우리에게 가구가 더 많이 있다면
당신은 더 많은 통제를 하겠지.

텔레마코스의 짐

TRLEMACHUS' BURDEN

어떤 것도
딱히 어렵지는 않았다
일상의 루틴은 좋아지니까,
감지되는 부재와 누락에 대한
보상이지. 우리 어머니는
자기가 고통 받고 있다고 티를 내시고는
그 고통을 부인하는 그런 류의 여인,
자기 관점에서 고통은 노예들의 일이었으니;
내가 어머니를 위로하려고 애쓸 때,
그 비참함을 덜어 드리려 애쓸 때,
어머닌 나를 마다하셨지. 이제는 알겠어,
어머니가 솔직할 수 있었다면
어머니는 아마
금욕주의자가 되셨을 거란 걸. 불행히도
어머니는 여왕이었고 매 순간
자기가 자기 운명을 선택했다고
이해받기를 원하셨지. 그런 운명을
택하셨다면 어머닌 분명 미쳐 버렸을 텐데. 글쎄,
아버지 힘내세요, 내 보기에,
아버지가 돌아오셔서 엄마 외로움이

좀 가시길 기대하신다면
멍청한 양반; 아마
아버지는 그래서 돌아오셨겠지.

백조의 우화

PARABLE OF THE SWANS

세계의 지도에서
살짝 떨어진 작은 섬에, 두 마리
백조가 살았다. 백조로서는,
하루의 80퍼센트를 자상한 물속에서 자신들을
연구하면서 보냈고, 20퍼센트는 사랑하는
상대를 세심히 보살피며
보냈다. 그리하여
연인으로서 그들의 명성은
주로 나르시시즘에서 나왔고,
더 일반적인 방식으로 노닐기엔
별 여유가 없었다. 하지만
운명은 다른 계획이 있었으니: 십 년 후에, 백조들은
끈적끈적한 물을 스쳤는데; 지저분한 뭔가가
수컷 백조의 깃털에 달라붙어 깃털이
금세 회색으로 변해 버렸다; 그와 동시에,
백조의 목이 유연하게 만들어진
진짜 이유가 드러났다. 평평한 호수 위에서
그렇게나 이리저리 안간힘을 써도, 그렇게나
수컷 백조는 빗나갔던 것이다! 머지않아 긴
생에서 함께, 모든 커플은 이와 비슷한

위기 상황을 만나고, 어떤 드라마는
해를 입는 것으로
끝난다. 이런 일이
일어나는 것은 이유가 있다: 사랑을
시험하고 사랑의 복잡한 조건을
새롭게 표현하길 요구하기 때문.
남자와 여자는 다른 플래카드 밑에서
흐른다는 게 그렇게 드러났다: 남자가
사랑이란 자기 마음속에서 느끼는 것이라고
믿었던 반면에 여자는
사랑이란 행동하는 것이라고 믿었다. 하지만
순수에 대한 백조의 추잡한 정의를 증거 삼아 들려주는
이 이야기가, 남자의 타고난 타락을 보여 주는
소소한 이야기는 아니다. 그것은
능청과 순수에 대한 이야기다. 십 년 동안
암컷은 수컷을 연구했다; 암컷은
수컷이 잠을 잘 때 혹은
물속에 편안하게 잠겨 있을 때 노닥거렸고,
반면에 즉흥적인 수컷은 태평스레
순간순간 내키는 대로

행동했다. 진창의 물 위에서
두 백조는 잠시 토닥거렸다, 희미해지는 빛 속에서,
그러다 말다툼이 천천히 추상적으로
흘러갔고, 조금 더 지나자
그들 노래의 일부가
되었다.

보라색 수영복

PURPLE BATHING SUIT

보라색 수영복을 입고 내게 등을 돌린 채
정원을 가꾸는 너를 바라보고 있는 게 좋아:
너의 등은 내가 특별히 좋아하는 부분,
네 입에서 가장 멀리 떨어져 있는 부분.

그 입에다 너는 어떤 사유를 부여할지도 몰라.
잡초를 뿌리째 잡아당겨야 하는데
땅 표면에서 잘라내면서 잡초를 솎아 내는
너의 방식에도 또한 생각이 있겠지.

내가 대체 네게 몇 번을 이야기해야 하는지,
네가 조그맣게 쌓아 놓은 그 검은 더미에서
잡초가 어떤 식으로 퍼져 나가는지,
표면만 매끄럽게 다듬어 놓고는
끝끝내 완벽하게 모호하게 만들어 놓으면? 네가

그처럼 가지런히 정렬된 채소밭 고랑에서
얼핏 보면 엄청 열심히 일한 것 같지만 실은
일을 최고로 망쳐 놓고 그 공간을
빤히 응시하는 걸 보며, 나는 생각하지

네가 보라색의 작고 성가신 물건이라고
네가 이 대지의 얼굴에서 떠나 버리는 걸 보고 싶다고
왜냐면 너는 내 인생에서 잘못된 전부라서
그래서 나 네가 필요하고 그래서 나 너를 내 거라 하네.

믿음 이야기

PARABLE OF FAITH

이제, 해가 저물고, 궁궐 계단에서
그 왕은 부인에게 용서를 청한다.

왕이
부인을 속이는 건 아니다; 왕은
순간에 충실하려고 늘 애를 썼다; 자기 자신에게
충실한 다른 방법이 어디 있던가?

부인은
그림자의 도움을 살짝 받아,
얼굴을 가리고 있다. 그녀는 흐느낀다,
지난날을 생각하며; 사람이 비밀스런 생을 살면
그이의 눈물은 절대로 설명할 수가 없다.

하지만 점점 왕은 부인의
비통을 견뎌 낼 것이다: 왕은
너그러운 심장을 가졌으니,
기쁨에서도 고통에서도.

용서가 무얼 의미하는지

당신 아세요? 용서란
온 세상이 죄를 지었고, 그 세상이
죄 사함을 받아야 한다는 뜻이예요—

재회

REUNION

오디세우스가 마침내 돌아왔다
이타카 사람들은 아무도 몰라보았고 그는
왕좌의 방에 득시글하던 구혼자들을 다 죽이고는,
텔레마코스에게 매우 조심스럽게
출발한다는 신호를 보낸다: 이십 년 전에 그랬듯이
이제 그는 페넬로페 앞에 선다.
궁궐 바닥에, 너른 쪽으로 내려온 햇살이
금빛에서 붉은빛으로 바뀌고 있다. 그는 페넬로페에게
그 지난 세월에 대해 아무 것도 말하지 않고, 대신
소소한 것들만 몇 가지 말하기로 한다, 서로 오래
갈망해 온 남자와 여자가 대개 그러하듯이:
그녀가 보면 그가 누구인지, 무얼 했는지 알게 될 거다.
그가 입을 열어 말하면서, 아,
그가 부드럽게 그녀의 팔을 잡는다.

꿈

THE DREAM

정말 이상한 꿈을 꾸었네요. 우리 다시 결혼하는 꿈.

그런 말 많이 했잖아. *이건 진짜 같아* 그렇게 자주 말했잖아.
자다 일어나, 옛날 일기장들을 모조리 읽기 시작했어요.

당신이 일기장을 끔찍이 싫어하는 줄 알았는데.

비참한 심정이 들 때 일기를 쓰지요. 암튼,
우리가 너무너무 행복하다고 생각했던 시절에도
난 일기를 많이 썼더라고요.

당신, 그런 거 생각해요? 전부 다 실수라고
혹시 그렇게 생각해요? 실제로,
결혼식에 오신 하객들 반이 그리 말씀하시던데.

당신한테 말하지 않은 한 가지만 말할 게요:
그날 밤에 나 신경안정제 먹었어요.

난 계속 생각했어요, 우리가 텔레비전을 어떻게 봤더라,
당신 허벅지에 내 발을 어떻게 넣곤 했더라. 고양이가 그 위에

앉아 있곤 했잖아요. 그게 여전히 어떤 평안,
어떤 행복의 이미지 아닌가요? 그렇다면
그게 더 오래 계속되면 왜 안 되나요?

왜냐면 그건 꿈이었으니까.

오티스

OTIS

아름다운 아침; 아무것도
밤에 죽지 않았다.
콩 덩굴 천막에 빛들이 매달리고 있다.
부활! 재생! 마당을 가로질러,
아주 고요하게, 누군가 오티스 레딩을 연주하고 있다.

이제 그 위대한 주제가
다시 모여든다: 나는 스물셋, 지하철을 타고
채슬러를 찾아서, 내 잃어버린 사랑을, 내
레코드를 꽉 쥐고, 내가 어디에 가든지 누구의 아파트에
도착하든지, 이 정확한 소리를 들어야 하기에―그 여름 내가
누구 아파트를 찾아갔던가? 내가 어디로 가고 있는지,
나는 아무 것도 몰라, 천국에서 살기 위해
막 뉴욕을 떠나려는 참이라서, 그때 나는
변화가 뭔지도 모르고, 채슬러에게, 그토록
집착하는 대상에게, 무슨 일이 생길지도 모르고,
다만 내 한 가지 생각은
오티스의 슬픔만이 내게 와닿은 유일한 슬픔이었다는 것.

보라, 저 덩굴 천막들이

일어서고 있다: 스티븐이
그것들을 단번에 가지런히 세워 놓았다.
이제 씨앗들이 안으로 들어간다, 거기 애나가
씨앗 봉투를 열어 들고 흙에 앉아 있다.

이제 끝이야, 그치?
그러면 당신은 여기 다시 나와 함께, 나와 함께 노랠 듣고 있네:
바다는 더 이상 나를 괴롭히지 않아; 내가 되고 싶어
했던 그 모습은 바로 나 자신이야.

그 소망

THE WISH

당신이 그 소망 말한 때 기억나?

　나 소망 엄청 많이 하는데.

내가 당신한테 그 나비에 대해
거짓말하던 때 말이야. 난 늘 궁금했어,
당신이 무얼 소망하는지.

　당신은 내가 뭘 소망했다고 생각하는데?

모르지. 내가 돌아오리란 것,
우리가 어쨌든 끝에 가서는 함께하리란 것.

　나는 늘 내가 소망하는 걸 소망했어.
　나는 또 하나의 시를 소망했어.

그 선물 이야기

PARABLE OF THE GIFT

내 친구가 내게 주었지
푸크시아 나무를, 내게
많은 걸 기대하며, 추운 사월에
나무를 그대로 밤새 내버려 두지
않으리란 판단에, 플라스틱
바구니 안에 진한
핑크색—난
내 선물을 죽여 버렸어, 꽃들을
이파리 더미 속에 놓아두고선,
그걸 그처럼 많은
가지를 가진 자연의 일부로
착각하고서: 이제 너를 가지고
나 무얼 해야 하는지,
좀 전에 살아 있던 것
간밤에만 해도 내 친구를
닮았던, 그녀 풍성한 머릿결
같은 무성한 이파리들, 빨강 거푸집
달린 것 같은 이파리들: 그녀가
돌계단을 올라오는 게 보이네, 봄날 어스름,
가볍게 흔들리는 그 선물을 손에

들고서, 에릭과 대프네가
바로 뒤에 따라오고, 모두 손에
상추 이파리 수건을 하나씩 들고:
그처럼 그득히, 그처럼 그득히
오늘밤을 축하하러, 그녀가 말하는 것 같아
여기가 바로 그 세계야, 그래야지,
널 행복하게 하기에 충분하네.

심장이 갈망하는 것

HEART'S DESIRE

두 가지가 하고 싶어:
로벨네 가게서 고기 좀 주문하려고
그래서 파티를 열고 싶어.

당신 파티 싫어하잖아. 네 사람 넘게
모이는 건 당신 너무너무 싫어하잖아.

그게 너무 싫으면
나 위층으로 올라갈 거야. 또
나는 요리할 수 있는 사람만 초대한다구.
대단한 요리사들과 내 옛날 애인들.
아마 당신 옛날 여자 친구들도 있지, 그
자랑쟁이들 말고.

내가 당신이라면,
고기 주문부터 먼저 하겠네.

정원에 벌레 쫓는 전등도 켜야지.
사람들 얼굴을 보면 그이들이
얼마나 행복해하는지 알게 될 걸.

몇몇은 춤도 추고, 아마
히말라야 발찌를 찬 재스민이.
재스민이 지치면, 방울들이 끌리고.

다시 봄이 올 거야; 튤립들
모두 다시 피어날 거야.

손님들이 행복한지 아닌지
그게 중요한 게 아니야.

그이들이 죽었는지 안 죽었는지
그게 중요해.

나를 믿어: 아무도 다시는
상처 입지 않을 거야.

그 하루 밤에는, 애정이 열정을
이겨 낼 거야. 열정은 모두
음악 속에 있을 거야.

당신이 그 음악을 들을 수 있으면
당신은 그 파티를 상상할 수 있어.
나는 이미 다 계획이 있으니: 우선
격렬한 사랑, 그 다음엔
다정함. 우선은 노*래*
그러고 나면 아마도 그 빛들이 노니겠지.

목초지

초판 1쇄 인쇄일 2023년 5월 22일
초판 1쇄 발행일 2023년 6월 8일

지은이 루이즈 글릭
옮긴이 정은귀

발행인 윤호권
사업총괄 정유한

편집 구민준 **디자인** 김효정 **마케팅** 정재영 명인수 윤아림 김솔희 이아연
발행처 ㈜시공사 **주소** 서울시 성동구 상원1길 22, 6-8층(우편번호 04779)
대표전화 02-3486-6877 **팩스(주문)** 02-585-1755
홈페이지 www.sigongsa.com / www.sigongjunior.com

글 ⓒ 루이즈 글릭, 2023

ISBN 979-11-6925-586-8 03840

*시공사는 시공간을 넘는 무한한 콘텐츠 세상을 만듭니다.
*시공사는 더 나은 내일을 함께 만들 여러분의 소중한 의견을 기다립니다.
*잘못 만들어진 책은 구입하신 곳에서 바꾸어 드립니다.

목초지

M e a d o w l a n d s

목초지

옮긴이의 말 영원히 발가벗은 작은 영혼에게_정은귀

시공사

영원히 발가벗은
작은 영혼에게

정은귀

글릭은 첫 시집 《맏이》에서부터 '관계'에 대한 시적 탐색을 계속해 온 시인이다. 풋풋한 사랑의 시작과 환희, 어긋나고 부서진 사랑, 미어터지는 마음과 깨지는 몸에 대한 이야기들이 가득한 《맏이》를 읽다 보면, 시인의 자전적인 삶을 반영하면서도 멀찍이 거리를 두는 장치 속에 까칠까칠하면서도 예민한 목소리가 감지된다. 글릭 초기 시들이 보여 주는 그 까칠함은 곱씹어 읽을수록 서늘하게 드러나는 삶의 환희와 절망을 변주하며 독자들에게는 숨바꼭질처럼 숨고 찾는 시 읽기의 놀이와 인내심을 요청한다. 초기 시부터 일관된 관심사였던 관계에 대한 탐색은 1996년 출판된 글릭의 일곱 번째 시집 《목초지》에 이르러서 한층 본격적으로 진행되어 가족 관계 안에서 경험하는 감정의 굴곡들이 다양하게 변주된다. 자기 세대의 여성들이 짊어졌던 걸쭉한 고민을 시인은 페넬로페와 키르케의 목소리를 빌려서 이야기하고, 집을 떠나고 집으로 돌아오는 존재의 이야기가 오디세우스를 통해 그려진다.

신화적 장치를 가지고 옴으로써 글릭은 직접적으로 자신의 생이 시에 투영되는 걸 피하고 있지만, 많은 비평가들은 이 시집이 1977년 혼인한 존 드라노(John Dranow)와의 관계, 결혼 생활에서 오는 긴장과 갈등, 고민을 드러내고 있다는 데 큰 이견이 없다. 글릭이 시에서 만들어 내는 목소리를 얼마나 믿을 수 있는가에 대해서 비평가들의 논의가 무성한데, 그 이유는 자기 이야기를 하는 것 같으면서도 일정한 거리를 두는 독특한 화자(話者) 때문이다. 하나의 화자가 아니라 여러 목소리를 내세워서 글릭은 다양한 연극 무대를 보여 주고, 그 안에서 자신의 생은 드러나면서 동시에 숨는다. 이 전략은 미국의 또 다른 문제적인 시인 비숍(Elizabeth Bishop)을 생각나게 하는데, 얼핏 보기에 현실과 거리가 멀어 보이는 신화적 인물을 내세우면서 자전적인 그림자를 짙게 드리운다는 점에서 두 시인을 함께 비교해서 읽어도 재밌는 작업이 될 것이다. 글릭을 논할 때, 생태 시인이라거나, 페미니스트 시인, 혹은 유대계 미국인 시인 등, 시의 목소리에서 감지되는 시인의 '정체성'을 어떤 특정 부류 안에 안전하게 넣기가 어렵다고들 하는 것도 그런 이유다.

그렇다면 독자로서 이번 시집을 읽는 방식은 여러 겹의 가면을 쓰고 다채롭게 등장하는 화자의 목소리에 귀를 기울이는 게 일차적인 접근법이 될 것이다. 귀를 기울이는 일은 모든 시 읽기의 기본이 되겠지만 글릭 시 읽기에서는 특히 중요하게 작동하는 방법론이다. 1996년 《목초지》 전, 1992년 나온 《야생 붓꽃》 직전에 나온 시집 《아라라트 산》(Ararat, 1990)의 한 시에서 시인은 말한다. "내 말 귀담아 듣지 마; 내 가슴이 빠개졌어. / 난 어떤 것도 객관적으로 보지 않아"라고. 자기 말을 귀담아듣지 말라는 이 구절은 이후 글릭 시의 화자를 믿을 수 있는가 믿기 어려운가 논의할 때 자주 인용되는데, 여기서 우리가 주목할 부분은 귀담아듣지 말라는 선언이 아니라 내 가슴이 빠개졌다는 고백이다. 글릭 시의 화자는 가슴이 빠개진 존재다. 낫지 않는 상처를 움켜쥐고서 말하는 자다. 《야생 붓꽃》의 시 〈꽃양귀비〉에서 말하는 바, "산산이 부서졌기에" 말을 하는 존재다. 그러므로 자신이 객관적이지 않기 때문에 자기 말을 귀담아듣지 말라고 하는 것은 오히려 그 빠개진 가슴에서 나오는 울림을 들어달라는 요청이다.

상처의 한가운데를 통과하는 사람의 말은 가끔 듣는 사람을 난감하게 한다. 듣는 우리는 더 다가갈 수도 곧이곧대로 믿을 수도 없이 주춤한다. 시의 목소리는 자기를 믿지 말라고 하지만, 독자는 그럴수록 그 말을 더 귀담아듣고, 부서지고 빠개진 가슴에서 나오는 말을 들어야 한다. 신화 속 여러 인물, 여러 목소리로 변주되는 그 울림을.

《목초지》는 페넬로페(Penelope)의 노래로 시작한다. 고대 그리스의 서사시 《오디세우스》에 등장하는 트로이 전쟁의 영웅 오디세우스의 아내. 그리스 최고의 현모양처. 기다리는 사람. 오디세우스는 원래 헬레네에게 청혼했는데, 스파르타의 왕 메넬라오스가 헬레네와 결혼을 하자 페넬로페와 혼인했다고 한다. 오디세우스는 페넬로페에게 자신이 떠나고 10년이 지나도 오지 않으면 재혼을 하라고 했다는데, 페넬로페는 20년이 지나도 재혼하지 않고 끝까지 그를 기다린다. 구혼자들이 몰려와 청혼을 거듭하자 오디세우스의 아버지에게 바칠 수의를 완성하면 결혼하겠다고 하고선 낮에는 옷을 만들고 밤에는 다시 풀어 버리는 식으로 기다림을 연장했던 여인. 시집은 페넬로페의 목소리에서 시작하여 아버지 없이 자라는 텔레마코스의 고민, 글릭 자신의 일상의 삶이 반추되는 이야기 등 다양한 목소리의 변주 속에서 총 46편으로 구성되어 있다. 오디세우스와 페넬로페, 텔레마코스, 그리고 키르케의 목소리들이 많은 부분을 차지하고, 사이사이 시인의 목소리를 화자로 내세운 시들이 삽입된다.

신화의 세계와 지금 여기의 삶을 밀도 있게 직조하는 이 방식은 2020년 루이즈 글릭에게 노벨문학상이 수상되었을 때 스웨덴 한림원은 시집 《아베르노》를 극찬하면서 신화 속 인물을 통해 전 인류의 보편적 실재를 보여 준다고 말한 바 있는데 《목초지》는 그 시적 전략과 매우 밀착된 시집이다. 페르세포네 신화를 재해석하는 《아베르노》에 더해서, 페넬로페 신화를 재해석하는 《목초지》를 함께 읽는다면, 독자들은 왜 신화의 목소리가 인류 보편의 목소리에 닿아 있는지, 시인의 상상이 재구성한 이야기의 탁월함을 마주할 수 있으리라. 슬퍼하고 화내고 샘을 내고 멈칫거리고 분노하고 배반하는 신화 속 인물들이 글릭의 시대를 넘어서 어떻게 지금 여기의 일상을 여실히 보여 주는지도 알 수 있으리라.

시집은 페넬로페의 노래로 시작한다. "작은 영혼아, 영원히 발가벗은 작은 영혼아." 언제 돌아올지 모르는 모험가 남편을 기다리는 페넬로페. 시 속에서 페넬로페의 목소리가 말을 건네는 대상은 남편이 아니다. 아들 텔레마코스도 아니다. 아버지 없이 자라는 텔레마코스의 목소리도 나중에 자주 등장하지만 이 시에서 영원히 발가벗은 가여운 작은 영혼은 페넬로페 자신이다. "너를 원치 않을 사람이 / 누가 있을까?" 수많은 남성들의 정념의 대상이 된 자신이다. 페넬로페는 언제 끝날지 모르는 기다림의 연옥에 갇힌 자신을 바라보며, 다짐한다. 그이가 곧 돌아올 것이라고. 어디에 가 있었는지 몰라도 돌아와 그릴에 구운 닭고기를 달라고 할 거라고. 여기서 기다림의 대상은 모든 남편을 기다리는 아내, 모든 사랑을 기다리는 사랑에게로 전이된다. 사랑은 기다림이다. 사랑하는 사람이 기다린다.

그이 관심을 끌려면
그 나뭇가지 흔들어야지,
그치만 조심조심, 조심조심,
너무 많은 바늘들 떨어져서
그이 아름다운 얼굴 상하지 않게 해야지.

〈페넬로페의 노래〉 부분

시의 마지막에 나오는 이 구절은 기다림 안에 도사리는 간절함, 초조함, 그리고 기다림이 숨기고 있는 날카로운 긴장 또한 품고 있다. "그의 관심을 끌려면 / 그 나뭇가지 흔들어야지" 그런데 조심조심 흔들어야 한다. 너무 많은 바늘들(needles)이 떨어져서 그이 아름다운 얼굴 상하지 않게 해야 하니까. 여기서 바늘은 가닥가닥 날카롭게 찌르는 솔잎을 말한다. 솔잎을 영어로 'pine needles'라고 하는데, pine이 빠진 needles를 솔잎으로 옮기지 않고 바늘로 옮겼다. 기다림의 긴장과 초조함, 그리고 기다림에 내재된 어떤 잠재된 공격성까지 담고 싶은 역자의 의도적인 선택이다. 오디세우스는 돌아와서 페넬로페와 어떤 만남을 가졌을까? 혼인 침상의 따뜻함은 그대로였을까? 기다림에 지친 여인은 환희에 찬 눈물을 보였을까, 뾰족한 바늘 같은 가시를 내보였을까?

기다림이 늘 안타까움만 있었던 것은 아니다. 다음 시 〈가나〉에서 시의 화자는 10년 동안 행복했다고 말하니까. 어떤 기다림은 기적 같은 변모와 함께한다. 가나는 갈릴리 나사렛 가까이 있는 마을로 예수님이 제자들과 함께 혼인 잔치에 초대되어 물을 포도주로 만드는 기적을 행한 곳이다. 시에서 떠나 있는 당신이 늘 나와 함께 있었다고 하는 것은 우리 존재의 존재됨이 단순히 육체적인 물질성으로 증명되는 것은 아니라는 걸 말해 준다. 기다리는 사람이 머무는 집과 정원이 늘 환하게 밝은 것도 기다리는 의지가 부여하는 어떤 힘, 그 안에서 일어나는 변모를 통해서다. 그래서 사랑하는 이가 없는 공간도 밝을 수 있는 것이다. 하지만 그런 기다림은 다시 무감각으로 흡수되고. 기다림의 과정을 골똘히 들여다보며 시인은 '혼인'을 통해 만나는 두 사람의 관계가 부재 속에서 어떤 내적 진통을 거듭하는지를 여실히 보여 준다.

세 번째 시 〈조용한 저녁〉에서는 시간대를 알 수 없는 어느 숲 속에 있는 페넬로페와 오디세우스를 그린다. 그 숲 속은 목가적이고 평화로운 장소가 아니다. "당신이 내 손을 잡네: 그리고 우린 홀로 남았네 / 목숨이 간당간당한 숲 속에서" 시는 장소를 옮겨 다니며, 숲에서 그 다음에는 집으로 두 사람을 부른다. 여기서 그 한 쌍의 아들은 텔레마코스가 아니라 노아로 지칭된다. 현실 세계에서 시인이 낳은 첫 아들이다. "세상 어떤 것보다 더 / 난 우리 함께 있는 이 저녁이 좋아"라고 말하는 시의 화자, 페넬로페는 글릭과 자연스럽게 포개어진다. 그렇게 페넬로페는 글릭이고 글릭은 페넬로페다.

시인은 신화의 세계와 현실 세계를 절묘하게 섞어서 병치한다. 시 〈격식〉은 남자와 여자, 부부의 서로 다른 취향에 관해 재치 있는 대화로 엮어 이야기한다. 사람들이 집에 오는 것을 싫어하는 남자, 요일을 정해 놓고 규칙적으로 식사 메뉴를 고르는 남자, 아티초크를 좋아하는 남자, 한 사람은 격식을 따지는 걸 좋아하고, 한 사람은 그게 끔찍이도 싫을 때, 한 사람은 사람을 좋아하지 않고, 한 사람은 무리를 좋아할 때, 그 둘은 어떤 삶을 사는가? 정직하고 신랄한 대화를 주고받는 남녀의 모습은 우리가 짐작할 수 있는 부부관계의 흔한 풍경이다. 시에 나오는 '회향'은 펜넬(Fennel) 허브를 말하는데, 그리스 신화에서 프로메테우스가 신에게 불을 훔쳐 인간에게 가져다줄 때, 속이 빈 펜넬 줄기에 숨겨서 갖다주었다 한다. 고대 이집트의 파피루스에도 기록될 만큼 오래된 허브다. 회향 이파리를 끔찍이 좋아하는 사람과 회향 이파리를 한 번도 좋아해 본 적이 없는 사람은 어떻게 함께 살 수 있는가? 적나라하게 현실을 그리는 시는 어떻게 다른 옷을 입으며 시치미를 뗄 수 있는가?

시집에 흔히 '우화'로 흔히 번역되는 'parable'을 내세운 시들이 많은 것은 그런 시인의 고민을 반영하는 것이리라. 역자는 이를 때로는 우화로, 때로는 이야기로 번역했는데, 〈왕에 대한 이야기〉〈인질들에 대한 이야기〉〈격자 패널 이야기〉〈야수의 우화〉〈비둘기의 우화〉〈백조의 우화〉〈믿음 이야기〉〈그 선물 이야기〉 등 총 46편 중 8편이 독자를 지금 여기의 현실과 얼핏 멀게 느껴지는 신화 속 시간 여행으로 초대한다. 여기서 왕, 오디세우스로 짐작되는 왕은, 호기심 많은 남자다. 앞을 내다보는 왕이 본 것은 운명이 아니라 "미지의 섬 너머로 반짝이는 새벽"이었다고 하니 말이다. 어쨌든 나아가는 일, 방향을 돌아보며 미적거리지 않고 무조건 나아가는 일. 도덕적 딜레마는 껴안아야 하는 일. 왕에 대한 이야기는 통치의 기술과 통치의 전략을 고민해야 하는 어느 누구의 이야기도 될 수 있다.

한층 직접적으로 신화를 보여 주는 시, 〈인질들에 대한 이야기〉는 트로이 전쟁 중 해변에 앉아 있는 사람들을 그린다. 얼핏 생각하면 모두가 고향으로 얼른 돌아가고 싶어 한다고 여기기 쉽지만, 그게 그렇지는 않다. 행동하는 남자들은 낯선 곳, "세상의 끝자락에서" 조금 더 살아 보기를 원한다. 그 낯선 세상의 끝자락은 경이로움 가득한 존재로 매일을 감각하게 하니까. 지루한 일상에서 벗어나는 모험의 매력이란 그런 것이니. 그래서 떠나는 이는 계속 떠나는 것인가. 10년이 넘도록 이타카로 돌아가지 못하고 낯선 땅을 떠도는 이들을 시인은 "인질"로 부르는데, 그것은 이들이 무언가에 "홀려버린 자"이기 때문이다. 가족들을 그리워하면서도 답을 알 수 없는 그 여정, 모험의 포로가 되어 마음처럼 쉽게 고향으로 돌아가지 못하는 마음 풍경, 일부는 잠에, 일부는 음악, 즉 어떤 환락과 정념에 취해 버린 떠난 이들의 풍경은 신화 속 인물의 이야기가 아니라 지금 여기 집과 고향을 떠나서 떠도는 이들에게도 오롯이 적용

된다.

텔레마코스를 내세운 시들도 무척 재미있게 읽힌다. 〈텔레마코스의 거리두기〉, 〈텔레마코스의 죄의식〉, 〈텔레마코스의 친절〉, 〈텔레마코스의 딜레마〉, 〈텔레마코스의 상상〉, 〈텔레마코스의 고백〉 〈텔레마코스의 짐〉 등 제목에 텔레마코스를 직접 내세운 시만 해도 7편이다.

내가 우리 부모님의
인생을 바라보는 아이였을 때
내가 뭘 생각했게요? 나는
가슴이 빠개지는 걸 생각했어요. 이제 나는
가슴이 빠개지는 걸 생각해요, 또 동시에
미쳐버리는 것도, 또 동시에
너무너무 웃긴다고.

〈텔레마코스의 거리두기〉 전편

성스러운 혼인식을 치르고 부부가 된 두 사람, 그 두 사람 사이에 태어난 아이. 그런데 어떤 이유로 어머니와 아버지가 떨어져서 살게 된다면, 그 별리를 지켜보는 아이의 심정은? 〈텔레마코스의 거리두기〉는 가족 관계가 빚어내는 수많은 풍경 중에 가장 통렬한 아픔을 그린다. 행복한 결혼 생활이 아니라 불행한 결혼 생활을 바라보아야 하는 아이의 마음. 사랑이 별리가 될 때, 가슴이 빠개지는 것은 떠나보낸 남자를 기다리는 아내, 페넬로페만이 아니다. 아이의 가슴도 빠개진다. 가슴이 빠개지다가, 미쳐 버리다가, 나중에 너무너무 웃긴다고 생각하는 것. 그렇게 생각하지 않으면 견뎌 낼 수 없는 딜레마. 가정은, 가족 관계는 때로 잔혹 드라마다. 대놓고 죽이고 죽지는 않지만 그에 못지않은 고통을 견디고 속으로 삭여야 하는.

여러 해 만에 만난 한 졸업생에게 점심을 사 주는 자리에서 그동안 뭘 했는지 물었더니, 그 학생이 대답했다. "부모님 이혼하느라 바빴어요." 어머니는 어머니대로, 아버지는 아버지대로 각자 따로따로 위로하고 돌보느라고 바빴다고 한다. 그 목소리가 너무 평평하여서 "살다 보면 그런 일도 있지, 부모님은 괜찮으시고? 너는 괜찮아?" 이렇게 물었더니, 그 아이가 대답했다. "네, 뭐……. 어쩌겠어요. 매일 싸우시는 것보다는 나아요." 이 시는 딱 그런 과정, 부모의 별리는 바라보면서 가슴이 빠개지다가, 미쳐 버릴 정도로 괴롭다가, 너무 웃기는 체념에 가까운 평안에 도달하는 과정을 보여 준다.

그렇다고 하여 텔레마코스의 평정이 온전한 평정은 아닌 것이, 그는 끝없는 죄의식에 시달리기도 한다. 페넬로페는 페넬로페대로 도를 넘는 인내심을 발휘하여 집을 지키는데, 그 집에서 알게 모르게 제멋대로 자라는 텔레마코스는 오히려 동무들의 부러움을 받는다. 어머니의 울음을 남몰래 봐야만 하는 아들. 모험 중인 아버지를 자랑스러워하는 아들. 어머니의 울음 뒤에 자신의 웃음이 있었던 것이 못내 미안한 아들은 어머니에게 말한다. 자신의 웃음, 자신의 잔인함을 용서해 달라고. 돌아오지 않는 남편을 기다리는 페넬로페가 아들에게 못내 냉담했던 것처럼, 자신의 그 웃음, 그 잔인함도 어쩌면 사랑을 견디게 하는 최후의 수단이었다고. 멀찍이 있음으로써만 가능한 인내였다고. 아버지 없이 자라는 아들의 온갖 복잡한 내면을 그려 보이는 텔레마코스 시편들은 지금 현대의 가족 풍경 안에서 더 실감나게 읽힌다. "어른이 되고 보니 / 부모님 두 분을 공평하게 바라볼 수 / 있더라구요, 두 분 다 가여워요"(《텔레마코스의 친절〉〉라는 구절은 몇 달 전 그 어느 날 내가 부모님이 이혼하고 훌쩍 커버린 그 학생과 마주한 식탁의 대화와 똑같다.

한편, 〈키르케의 힘〉 〈키르케의 슬픔〉 〈키르케의 고통〉을 통해 드러나는 목소리는 무얼 말하는가? 키르케는 그리스 신화에서 사람들을 짐승으로 만들어 부렸다는 마녀이자 여신이다. '아이아이에'라는 섬에 살았다고 한다. 섬에 도착한 남자들을 유혹하여 독이 돈 포도주를 먹여 동물로 만들어 버린 마녀. 아름다웠지만 사랑에는 약자였던 키르케. 바다의 신 글라우코스가 짝사랑하던 님프 스킬라의 마음을 얻게 하는 묘약을 만들어 달라고 부탁했는데 그런 글라우코스를 사랑하게 된 키르케다. 질투심에 휩싸여 아름다운 스킬라를 머리 여섯 개 바다 괴물로 만들어 버린 키르케. 키르케 시편에서 글릭은 신화를 변주하여 매우 생동감 넘치는 목소리를 부여한다. "나는 누구도 돼지로 둔갑시키지 않았어. / 어떤 사람들은 원래 돼지거든: 나는 그이들이 / 돼지처럼 보이게끔 만들었지"라는 구절을 읽으면 어떤 통렬하고 시원한 카타르시스를 경험한다.

사람을 돼지로 만드는 마녀가 아니라 키르케는 현실을 직시하는 엄정한 시선과 그를 말로 설득력 있게 표현하는 힘을 가진 웅변가와도 흡사하다. 키르케는 오디세우스에게 부하들이 나쁜 사람들은 아니었지만 절도 잃은 생활로 돼지가 되었다고 말한다. 한편 키르케는 떠나야 하는 남자를 사랑하는 모든 여자의 대명사다. 그 섬에서 키르케는 오디세우스에게 남자와 여자로 행복할 수 있다고, 단순하고 소박하게 살아갈 수 있다고 말하지만, 오디세우스는 결국 고향을 향해 떠난다. 언젠가는 그가 자신을 떠날 거라는 것을 아는 담대한 키르케는 오디세우스를 보낸다. 요동치는 바다를 잠재우며 남자를 떠나보내는 목소리. "모든 주술사는 뼛속 깊이 / 실용주의자

라네"라는 말로, 가뿐하게 오디세우스를 보내지만, 〈키르케의 고통〉
과 〈키르케의 슬픔〉 등 이어지는 다른 시편들을 보면, 그 담대함 속
에 숨은 사랑의 아픔 또한 여실하다. 사랑한 세월을 후회하지만 굳
건히 당신을 거절하고 돌려세우는 키르케, 곧 이어 페넬로페에게
자신을 드러내리라 결심을 굳히는 키르케. 꺼지지 않는 사랑이라는
정념, 그 불길.

키르케가 상상 속에 연적으로 자리하는 페넬로페는 시집 앞부
분부터 끝까지 《목초지》의 가장 큰 목소리를 차지한다. 어떤 면에
서 페넬로페는 《맏이》의 화자가 나이를 먹어 중년에 다다른 느낌
이다. 집 나간 남편을 기다리는 여인, 첫 시 〈페넬로페의 노래〉에서
"작은 영혼아, 영원히 발가벗은 작은 영혼아"라고 부르는 목소리는
〈페넬로페의 고집〉에 이르러 창가에 날아오는 새의 목소리로 "가련
한 부인"이 된다. "가련한 부인, 가련한 부인"이라고 부르는 새의 다
섯 음절을 들으며, 페넬로페는 그 가벼운 무중력의 존재를 부러워
한다. "왜 나는 그런 자유를 부러워하나? 가자 / 자그마한 심장을
가진 이들은 / 가장 큰 자유를 가지지" 시의 말미에 이르러 독자는
뭔가에 얻어맞는 듯 충격을 받는다. 가볍고도 둔중한 충격이다. 사
랑에 빠지고, 혼인을 하고, 별리를 경험하고, 떠난 남자를 기다려본
여자는 누구나 알 어떤 깨달음이다. 기다리는 생애는 끝없이 자신
을 통제하고 자기 욕망을 점검하고 질문하는 삶이다. 자신이 무얼
기다리는지, 기다리는 것이 사랑인지, 관습인지, 욕망인지. 기다림
을 통해 끝끝내 얻는 것이 사랑인지, 믿음인지.

신화 속 이야기를 통해, 신화 속 인물들을 통해 지금 여기의 삶
과 사랑, 결혼, 별리, 믿음, 질투, 원망, 연민 등 가족 관계 안에서 우

리가 경험하는 수많은 감정의 파고들을 낱낱이 보여 주는 시집《목초지》에서 '목초지'를 제목으로 내세우는 시들은 시인이 경험했음 직한 일상을 보여 준다. 목초지는 사람들의 집이 드문드문 있고, 동물의 사체에서 나온 뼈인지 말라 버린 나무 막대기인지 잘 알지 못할 것들이 있고, 가끔 개는 그걸 물어서 집에 가지고 온다. 문명(집)은 생명을 황폐하게 만드는 어떤 움직임 속에서 있다. 집 뒤에 넓게 펼쳐진 그 목초지의 주인은 누구인가? 집은 페넬로페의 것인가? 모든 기다리는 자의 것인가? 글릭은 〈목초지 2〉에서 "개가 / 그 막대기들 주인이에요"라는 말로 짐짓 무심하게 모든 것을 변모시키는 어떤 자연의 힘을 응시한다. 그걸 보는 힘이 바로 현실을 보는 힘이다. 현실을 낭만화하지 않고, 있는 그대로 보는 힘. 글릭에게 집은, 집에 깃들어 사는 인간의 한 생은 그런 '목초지'의 다른 이름이다. 시 〈긴 여행 마치고 돌아와〉에서 시인은 기억한다. 마당에 사과나무가 하나 있고 뒤에는 목초지가 넓게 펼쳐져 있던 어떤 집을, 봄꽃이 피어 있던 어떤 사월을.

들판에, 막 자른, 웃자란 풀 향기.
서정 시인에게 기대하듯이.
우리는 세상을 단 한 번 바라본다. 어린 시절에.
그 나머지는 모두 기억이다.

〈긴 여행 마치고 돌아와〉 부분

그 장소를 기억하며 시인은 묻는다. 바꿀 수 없는 것을 바꾸는 일. 그게 가능한지, 이 지상의 가혹함을 시인은 잘 안다. 바꿀 수 없는 것을 우리는 바꿀 수 있는가? 어느 날 나의 또 다른 학생이 진지하게 물었다. 유순한 성품의 남학생이었다. "선생님, 루이즈 글릭의 시 세계 전체에서 결혼 생활을 잘 그리는 시집은 어떤 게 있나요?" 그 학기 내내, 그 학생은 파탄이 난 부모님의 결혼 생활을 고민했다. 가정은 부서졌고, 본인은 어머니 아버지 양쪽을 오가며 그 두 분에게 지워진 짐을 오롯이 자기 어깨에 옮겨 고스란히 지고서 힘겨워하던 중이었다. 그때 내가 추천한 작품이 바로 이 시집《목초지》와 다음 시집《새로운 생》(Vita Nova)이다.

그 시절 누구나 그러했듯이 사랑과 별리, 정념의 혼란을 고스란히 겪은 시인 글릭의 이야기. 온전히 다 믿을 수는 없지만 가슴이 빠개진 사람의 이야기. 누구나의 이야기. 관계의 여러 주름들을 반추하는 시들을 읽고 또 옮기며, 어느 날 내게 손을 내밀며 도움을 청했던 몇몇 얼굴이 떠올라 마음이 유난히 힘들었다. 하지만 번역을 마치면서 '아, 이제 비로소 이 시집을 선물로 건넬 수 있겠구나' 안도의 마음이 들기도 했다. 우리는 우리를 낳은 타인의 삶을 어떻게 바라보는가? 바꿀 수 없는 것을 바꿀 수 있는가? 답은 자명하다. 바꿀 수 없는 것은 바꿀 수 없는 것이다. 아무리 부모라 하더라도 아무리 자식이라 하더라도 어찌할 수 없는 것들이 있다. 하지만 이제 또 비로소 말할 수 있다. 바꿀 수 없는 것을 바꿀 수는 없지만 적어도 견딜 수는 있다고. 신화가 현실로 툭 떨어진 이 여러 목소리들을 읽으면서 우리는 알게 된다. 이런 과정을 지나는 것이 나 혼자가 아니라는 것을.

이 시집은 그렇게 '집'이라는 곳에서 집이 홈 스위트 홈이 아니라 늘어진 권태가 되어 버린 관계, 기다림의 연옥 속에서 연민을 무덤처럼 딛고 선 영혼들의 무덤덤한 황폐를 담담하게 비춘다. 어떤 관계는 무덤 같은 침묵을 견디며 살기도 한다. 그리고 또 살다 보면, 서로를 어찌어찌 이해하고 수긍하는 시간이 오기도 한다. 하여 이 시집은 관계가 선사하는 기쁨과 슬픔, 사랑과 별리, 환희와 절망 모두의 색채를 경험하고 울어본 이들과 함께 읽고 싶다. 바꿀 수 없는 것을 바꿀 수는 없지만, 적어도 각자의 심장이 갈망하는 것을 아는 것만으로도 우리는 그 시간을 견디어 내는 힘을 얻는다. 우리 각자는 모두 영원히 발가벗은 작은 영혼에 지나지 않으니. 우리의 어머니, 우리의 아버지도 영원히 발가벗은 작은 영혼을 움켜쥐며 그 시간을 견디셨던 것이다. 이 시집은 이상하게도 다른 때보다 역자 후기를 쓰는데 시간이 제법 오래 걸렸다. 관계의 환희와 진창을 동시에 응시하는 이 시집을 다시 들추는 일이, 시작도 마무리도 쉽지 않았다. 참을성 있게 글이 나오기를 기다려준 구민준 편집자에게 각별한 고마움 전한다.